MW01473159

UNE AVENTURE DE BOB MORANE

TEXTE VERNES   **DESSINS CORIA**

LES CHASSEURS DE DINOSAURES

UNE HISTOIRE DU JOURNAL TINTIN

EDITIONS DU LOMBARD
BRUXELLES   PARIS

lisez le

journal tintin

chaque semaine

Copyright 1984 by Editions du Lombard, Bruxelles
Tous droits de reproduction, de traduction
et d'adaptation réservés pour tous pays,
y compris l'U.R.S.S.
D 1984/0086/1682

Dépôt légal : Mars 1984
ISBN 2-8036-0440-X

Imprimé en Belgique par Proost sprl.

LES CHASSEURS DE DINOSAURES

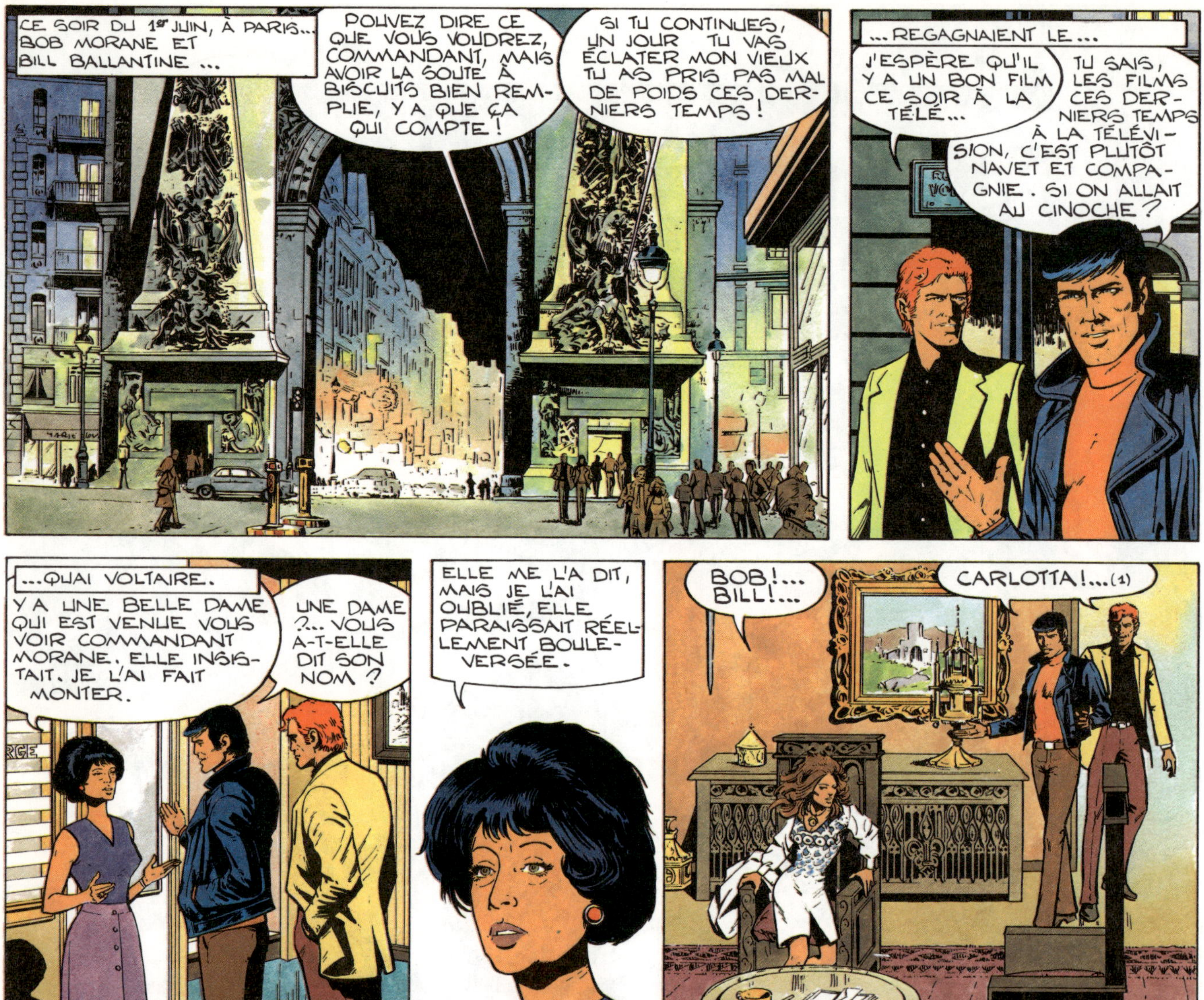

(1) EPOUSE DE FRANK REEVES. MILLIARDAIRE, AMI DE BOB.

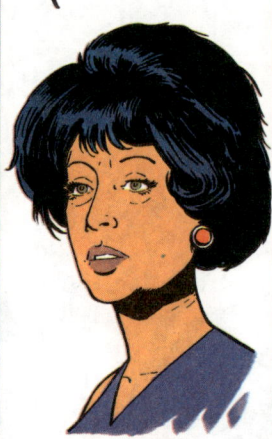

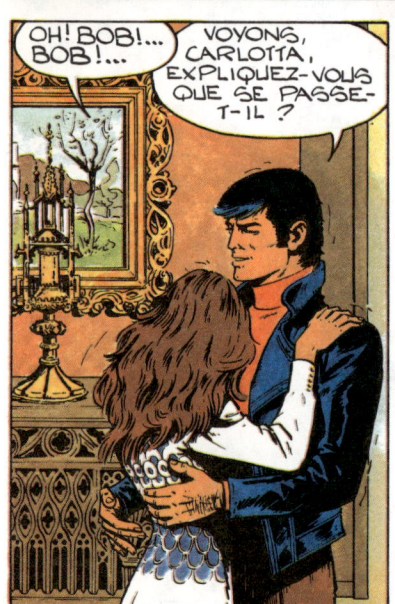

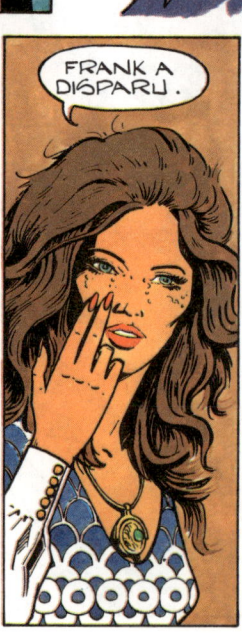

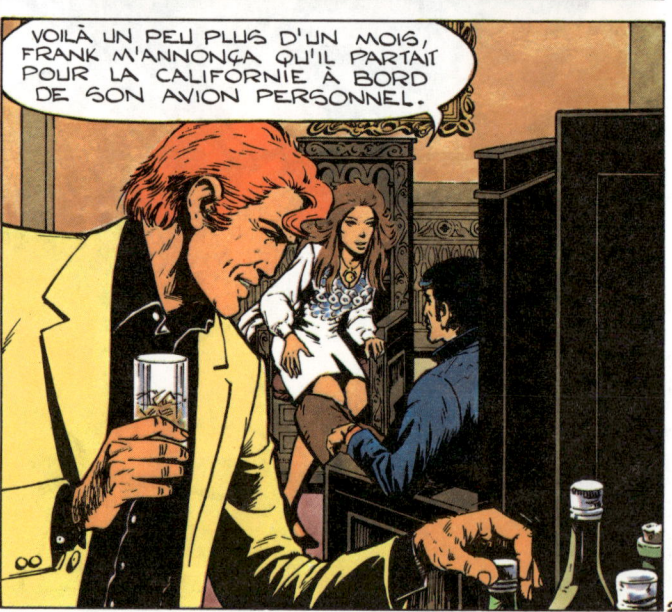

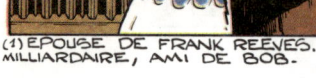

...OÙ IL DEVAIT ACCOMPAGNER UNE EXPÉDITION DE CHASSE DANS LA SIERRA NEVADA.
AU BOUT D'UNE SEMAINE, N'AYANT PLUS DE SES NOUVELLES ET CRAIGNANT UN KIDNAPPING, J'AVERTIS LE F.B.I.
DANS LES PAPIERS DE MON MARI, LES ENQUÊTEURS TROUVÈRENT CETTE LETTRE, NON SIGNÉE.
MONSIEUR REEVES, SI VOUS VOULEZ CHASSER LE DINOSAURE, RENDEZ-VOUS SANS RETARD À LA "VILLA" JOSUAH", SUR LA ROUTE DE MOJAVE, PRÈS DE LOS ANGELES. LA PLUS GRANDE DISCRÉTION VOUS EST DEMANDÉE.
LA "VILLA JOSUAH" FUT FOUILLÉE... ELLE APPARTENAIT À UN PHYSICIEN BIEN CONNU: LE PROFESSEUR HUNTER.
DANS LE GARAGE, ON DÉCOUVRIT LA VOITURE QUE FRANK AVAIT LOUÉE POUR CIRCULER DANS LA RÉGION.
LES MORGUES FURENT FOUILLÉES, TOUS LES ACCIDENTS DE VOITURES ÉTUDIÉS...
NON... CE N'EST PAS FRANK.
...LES SIERRAS EXPLORÉES PAR HÉLICOPTÈRES.
3.

DES RAFLES FURENT OPÉRÉES DANS LA PÈGRE AFIN DE GLANER DES RENSEIGNEMENTS SUR UN ÉVENTUEL ENLÈVEMENT.
AUCUNE DEMANDE DE RANÇON ?
NON... FRANK DEMEURA INTROUVABLE... ET LE PROFESSEUR HUNTER AUSSI D'AILLEURS. IL SEMBLAIT AVOIR DISPARU EN MÊME TEMPS QUE FRANK.
AH! J'OUBLIAIS... QUELQUES JOURS AVANT LA DISPARITION, FRANK AVAIT VERSÉ UNE SOMME DE CENT MILLE DOLLARS AU COMPTE DE HUNTER.
CENT MILLE DOLLARS!... HÉ!... HÉ!... C'EST PAS MAL DE FRIC ÇA !
OUI, MAIS PAS ASSEZ POUR UNE RANÇON, SURTOUT QUAND IL S'AGIT DU MILLIARDAIRE FRANK REEVES.
BREF, J'AI PENSÉ À VOUS. VOUS AVEZ DÉNOUÉ BIEN DES INTRIGUES TOUS LES DEUX. PEUT-ÊTRE POURRIEZ-VOUS M'AIDER À RETROUVER FRANK...
PLUTÔT DEUX FOIS QU'UNE, HEIN, COMMANDANT ?
DEMAIN NOUS PARTIRONS POUR MIAMI... MAIS IL Y A LE PROBLÈME DES VISAS.
LE CONSUL DES ETATS-UNIS À PARIS EST UN AMI DE FRANK. JE VAIS L'APPELER AU TÉLÉPHONE. DANS DEUX HEURES, VOUS AUREZ CES VISAS.
LE SURLENDEMAIN, À MIAMI...
JE VOUS AI DIT, BOB, QUE VOUS NE TROUVEREZ RIEN. LE F.B.I. A PASSÉ CETTE MAISON AU CRIBLE.
QUI SAIT, CARLOTTA! LE MOINDRE DÉTAIL PEUT AVOIR SON IMPORTANCE.
RIEN... RIEN... PAS LE PLUS PETIT INDICE...
ALLONS VOIR DANS LA SALLE D'ARMES...
TIENS... TIENS...
VOUS AVEZ DÉCOUVERT QUELQUE CHOSE ?
4.

REGARDEZ... QUATRE CARABINES MANQUENT...
SI FRANK ALLAIT CHASSER DANS LA SIERRA NEVADA, C'EST NORMAL QU'IL AIT EMPORTÉ DES ARMES.
LA DERNIÈRE FOIS QUE JE SUIS VENU ICI, IL Y AVAIT EN CET ENDROIT QUATRE CARABINES 460 WAETHERBY.
LES ARMES DE CHASSE LES PLUS PUISSANTES AU MONDE! ON S'EN SERT POUR CHASSER L'ÉLÉPHANT ET LE RHINO.
DONC, FRANK N'EST PAS ALLÉ CHASSER DANS LA SIERRA NEVADA. UN CHASSEUR EXPÉRIMENTÉ N'EMPLOIERAIT PAS DU 460 WAETHERBY POUR TIRER DES CERFS ET DES DAIMS.
ALORS, BOB, OÙ FRANK SERAIT-IL ALLÉ ?
IL Y A DEUX SOLUTIONS. OU IL EST ALLÉ CHASSER LE GROS GIBIER EN AFRIQUE, OU IL EST PARTI CHASSER LE DINOSAURE JE NE SAIS OÙ.
CHASSER LE DINOSAURE ? VOUS Y CROYEZ VRAIMENT, COMMANDANT ?
JE NE SAIS PAS. PEUT-ÊTRE QU'UNE VISITE CHEZ LE PROFESSEUR HUNTER ÉCLAIRCIRA CE MYSTÈRE...
DEUX JOURS PLUS TARD, SUR LA ROUTE DE MOJAVE.
UN SECOND PAIEMENT DE CENT MILLE DOLLARS A ÉTÉ FAIT, LE MÊME JOUR QUE CELUI DE REEVES, POUR LE COMPTE DE HUNTER, PAR UN CERTAIN STEVE MARSHALL.
VOUS SAVEZ QUI EST CE STEVE MARSHALL, INSPECTEUR SPRING ?
UN VIEUX CÉLIBATAIRE, TRÈS RICHE, AMATEUR DE GRANDES CHASSES. IL A QUITTÉ L'ANGLETERRE IL Y A UN PEU PLUS D'UN MOIS POUR LES ÉTATS-UNIS.
UN PEU PLUS D'UN MOIS! ET IL Y A UN PEU PLUS D'UN MOIS QUE FRANK REEVES A DISPARU.
ENCAISSER DEUX FOIS LA SOMME DE CENT MILLE DOLLARS, PRESQUE EN MÊME TEMPS! CE PROFESSEUR HUNTER DEVAIT AVOIR QUELQUE CHOSE DU TONNERRE À OFFRIR EN ÉCHANGE.
5.

UNE CHASSE AU DINOSAURE, C'EST QUELQUE CHOSE DU "TONNERRE", NON ?
RIEN DE NOUVEAU DANS LE SECTEUR, HERMAN ?
RIEN, INSPECTEUR...
HAUSOU
LA VISITE DE LA MAISON NE DEVAIT RIEN APPORTER DE NOUVEAU.
EH BIEN, ÊTES-VOUS CONVAINCU À PRÉSENT, COMMANDANT MORANE ?
OUI. RIEN À GLANER...
ET CE HANGAR ? ON NE L'A PAS VISITÉ.
VIDE... À PART DES OUTILS, DES APPAREILS À SOUDER, À DÉCOUPER DE LA TÔLE... RIEN DE BIEN PARTICULIER...
J'AIMERAIS Y JETER UN COUP D'OEIL.
CE SERA DU TEMPS PERDU, MAIS HERMAN VA VOUS OUVRIR.
VOUS NOUS AVIEZ POURTANT DIT QUE CE HANGAR ÉTAIT VIDE...
?!
POUR CE QUI EST D'ÊTRE VIDE, IL EST PLUTÔT BIEN GARNI.
JE N'Y COMPRENDS RIEN. ÊTES-VOUS SÛR QUE PERSONNE N'EST ENTRÉ ICI, HERMAN ?
J'AI FAIT MA RONDE IL Y A DEUX HEURES À PEINE, INSPECTEUR, ET J'AI VISITÉ CE HANGAR. CE TRUC N'Y ÉTAIT PAS.
6.

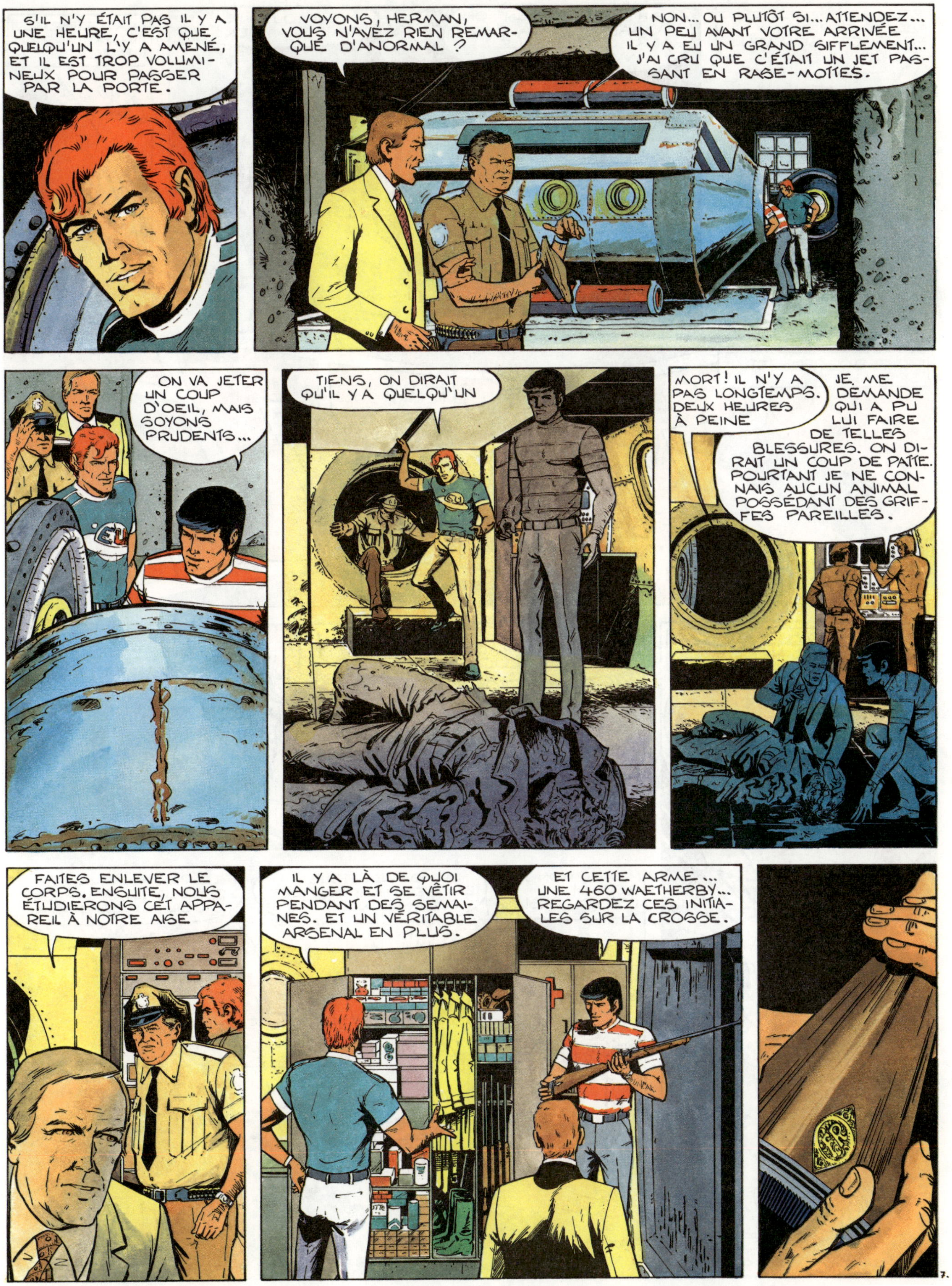
S'IL N'Y ÉTAIT PAS IL Y A UNE HEURE, C'EST QUE QUELQU'UN L'Y A AMENÉ, ET IL EST TROP VOLUMINEUX POUR PASSER PAR LA PORTE.
VOYONS, HERMAN, VOUS N'AVEZ RIEN REMARQUÉ D'ANORMAL ?
NON... OU PLUTÔT SI... ATTENDEZ... UN PEU AVANT VOTRE ARRIVÉE IL Y A EU UN GRAND SIFFLEMENT... J'AI CRU QUE C'ÉTAIT UN JET PASSANT EN RASE-MOTTES.
ON VA JETER UN COUP D'OEIL, MAIS SOYONS PRUDENTS...
TIENS, ON DIRAIT QU'IL Y A QUELQU'UN
MORT ! IL N'Y A PAS LONGTEMPS. DEUX HEURES À PEINE
JE ME DEMANDE QUI A PU LUI FAIRE DE TELLES BLESSURES. ON DIRAIT UN COUP DE PATTE. POURTANT JE NE CONNAIS AUCUN ANIMAL POSSÉDANT DES GRIFFES PAREILLES.
FAITES ENLEVER LE CORPS. ENSUITE, NOUS ÉTUDIERONS CET APPAREIL À NOTRE AISE
IL Y A LÀ DE QUOI MANGER ET SE VÊTIR PENDANT DES SEMAINES. ET UN VÉRITABLE ARSENAL EN PLUS.
ET CETTE ARME... UNE 460 WAETHERBY... REGARDEZ CES INITIALES SUR LA CROSSE.
7.

F.R. ...FRANK REEVES!... AUCUNE ERREUR, FRANK EST BIEN VENU ICI!
AH! SI SEULEMENT ON POUVAIT SAVOIR À QUOI SERT CETTE FICHUE MACHINE.
SURTOUT, NE TOUCHE À RIEN!
L'AVERTISEMENT VENAIT TROP TARD.
CLIK
POUR BOB, BILL ET SPRING...
ZZZZ
...C'EST UNE LONGUE PLONGÉE DANS LE NÉANT...
J'AI EU L'IMPRESSION D'UNE CHUTE QUI DURAIT DES SIÈCLES ET DES SIÈCLES.
BON SANG!... VENEZ VOIR!...
OU QUELQUES SECONDES À PEINE.
NOUS AVONS BOUGÉ!... DES VOLCANS!...
OÙ SOMMES-NOUS? EN AVEZ-VOUS UNE IDÉE, COMMANDANT?
LE PLUS SIMPLE SERAIT D'ALLER JETER UN COUP D'OEIL AU-DEHORS...
8.

J'AURAIS JURÉ QUE CETTE PORTE ÉTAIT DEMEURÉE OUVERTE.
SANS DOUTE S'EST-ELLE REFERMÉE AUTOMATIQUEMENT QUAND L'APPAREIL A DÉMARRÉ.
JE NE CONNAIS AUCUN PAYSAGE SEMBLABLE AU MONDE.
POURTANT NOUS SOMMES TOUJOURS BIEN SUR TERRE.
PAS EN CALIFORNIE EN TOUT CAS. IL N'Y A PLUS DE VOLCAN EN ACTIVITÉ.
EH! REGARDEZ CE QUI S'AMÈNE LÀ-BAS.
IL VIENT VERS NOUS!... METTONS-NOUS À L'ABRI.
POURVU QUE LA MACHINE TIENNE BON!
JE NE CROIS PAS QUE NOUS AYONS QUELQUE CHOSE À CRAINDRE DANS L'IMMÉDIAT. LES TÔLES SONT ÉPAISSES ET SOLIDEMENT RIVETÉES.
IL VA FALLOIR PRENDRE UNE DÉCISION, SINON IL FINIRA PAR ENDOMMAGER LA MACHINE.
INUTILE COMMANDANT. J'AI L'IMPRESSION QUE NOTRE AGRESSEUR S'EST DÉJÀ DÉCOURAGÉ.
HEUREUSEMENT, CES MONSTRES ONT DES CERVEAUX À PEINE PLUS GROS QUE DES NOISETTES... ENFIN, RELATIVEMENT... AUCUNE SUITE DANS LES IDÉES.
9

C'ÉTAIT UN TYRANNOSAURE, HEIN, COMMANDANT ?
OUI... NOUS AVONS FAIT UN VOYAGE À RECULONS DANS LE TEMPS, JUSQU'À L'ÉPOQUE SECONDAIRE.
AINSI, CET APPAREIL SERAIT UNE MACHINE À EXPLORER LE TEMPS ?
OUI, ET C'EST LE PROFESSEUR HUNTER QU'IL L'A SANS DOUTE INVENTÉE. C'EST À SON BORD QUE FRANK REEVES EST VENU CHASSER LE DINOSAURE.
COMME MORANE ET SES COMPAGNONS...
...EXPLORENT LES ENVIRONS.
REGARDEZ !... UN PAQUET DE CAMEL.
FRANK FUME CETTE MARQUE DE CIGARETTES. NOUS NE POUVONS PLUS DOUTER QU'IL SOIT VENU ICI...
MAIS ALORS, OÙ SERAIT-IL PASSÉ ?
QUELQUE PART PAR LÀ... EN UN MOT, AUTANT CHERCHER UNE AIGUILLE DANS UNE BOTTE DE FOIN.
TOUT À COUP...
LE TYRANNOSAURE !
IL NOUS COUPE LA RETRAITE.
TIRONS EN MÊME TEMPS AU COEUR... QUAND JE COMMANDERAI.

10.

LA PREMIÈRE SALVE...
BLAM BLAM BLAM
...N'ARRÊTE PAS LE MONSTRE.
PRENEZ GARDE, COMMANDANT. PEUT-ÊTRE FAIT-IL LE MORT.
NON. CES GROSSES BRUTES ONT TROP PEU DE CERVELLE POUR RUSER.
QUELLE DENTURE ! D'UN SEUL COUP, ELLE AURAIT PU COUPER L'UN DE NOUS EN DEUX.

14

LA NUIT VINT, PEUPLÉE DE PRÉSENCES HOSTILES.
ZTRIIII
ZTRIII
KRIAAA
FINALEMENT, LE SOMMEIL S'EMPARE DE MORANE.
QUAND IL OUVRIT LES YEUX...
...UNE DÉSAGRÉABLE SURPRISE L'ATTENDAIT.
ENTRE L'HOMME ET LE PTERA-NODON...
...UNE LUTTE DÉSESPÉRÉE S'ENGAGE.
ZTRIIIT
PAW
13.

OUF! J'AI CRU QUE JE NE M'EN
TIRERAIS PAS!
ET IL SENTAIT PLUTÔT LA
CHAROGNE L'ANIMAL!

QUELQUES NOUVELLES HEURES
SE SONT ÉCOULÉES...

DES COUPS DE FEU!...
CA NE PEUT ÊTRE
QUE FRANK!...

PAW
PAW

JE DOIS ALLER VOIR
CE QUI SE PASSE. JE VAIS
EMPORTER BEAUCOUP DE
CHOCOLAT. J'EN AURAI
BESOIN.

LAISSONS CE PETIT MOT
POUR BILL QUAND IL
REVIENDRA.

"suis parti à la
recherche de Frank
en direction de l'est
vers les marais,
jalonnerai ma route
avec petits morceaux
de papier d'argent.
BOB!!

PENDANT UNE HEURE, BOB MARCHE À TRAVERS
LA JUNGLE DU SECONDAIRE...

PARFOIS
IL S'ARRÊTE ...

...POUR LAISSER UNE MARQUE DE SON PASSAGE.
UN TRICERATOPS ET UN TYRANNOSAURE EN MÊME TEMPS! VRAIMENT JE SUIS COMBLÉ.
SOUDAIN, L'HERBIVORE FAIT FACE AU CANIVORE.
MORANE ASSISTE ALORS...
...À UN VÉRITABLE COMBAT...
...DE TITANS.
AU CAS OÙ LE VAINQUEUR SE RETOURNERAIT CONTRE MOI, PROFITONS-EN POUR FILER...
PENDANT UNE NOUVELLE HEURE, BOB CONTINUA À MARCHER.
15.

DEUX NOUVEAUX COUPS DE FEU, ET TRÈS PROCHES CETTE FOIS.
PAW PAW
FRANK !
CE N'EST PAS FRANK !
LÀ-BAS... HUNTER... REEVES... DANS COLLINES, AU-DELÀ DES MARAIS...
STÉGOSAURE... UN COUP DE QUEUE... AI PAS PU L'ÉVITER.
VOUS DIREZ À TOUT LE MONDE... LÀ-BAS QUE STEVE MARSHALL ÉTAIT... UN FAMEUX... CHASSEUR...
MARSHALL A PARLÉ DES COLLINES, AU-DELÀ DES MARAIS. IL FAUT QUE JE CONTINUE...
LA TRAVERSÉE DES MARAIS...
...DEVAIT SE RÉVÉLER HARASSANTE.
16.

A LA SORTIE DES MARAIS...

ZTRiii

KLAK KLAK KLAK

ZTRiii ZTRiii

BOB VA ÊTRE SUBMERGÉ PAR LES PTÉRODACTYLES, QUAND...

ZTRiii ZTRiii ZTRiii

BON SANG, J'OUBLIAIS ! UN WEATHERBY CE N'EST PAS FAIT POUR SERVIR DE MASSUE...

KLAK

PAW PAW PAW

ZTRiii

ZTRiii KLAK KLAK KLAK ZTRiii

IL FAUT QUE J'AIE LE TEMPS DE GAGNER LE COUVERT DES ARBRES !
AU JUGÉ, MORANE DÉCHARGE SON AUTOMATIQUE ...
PAW PAW PAW
... DANS LA MASSE GROUILLANTE DES LÉZARDS VOLANTS.
PAW PAW PAW
LES ARBRES ! ... C'EST MA SEULE CHANCE ! ...
OUF ! ... IL ÉTAIT MOINS UNE ...
ENCORE UN PEU ET J'ÉTAIS DÉVORÉ PAR PETITS MORCEAUX. UNE CHANCE QUE, DANS NOS CAMPAGNES, ON N'AIT PAS DES PTÉRODACTYLES AU LIEU D'HIRONDELLES.
MON DERNIER MORCEAU DE PAPIER ARGENTÉ. APRÈS, À LA GRÂCE DE DIEU !
UN CIMETIÈRE DE DINOSAURES ? QU'EST-CE QUE CELA VEUT BIEN SIGNIFIER ?
VERNES CORIST
18.

JE ME DEMANDE CE QUI A BIEN PU RÉUNIR ICI TOUS CES MONSTRES, ET LES Y FAIRE MOURIR..
AUCUNE TRACE DE BLESSURES. ILS NE SEMBLENT PAS S' ÊTRE BATTUS.
TOUT À COUP, LE SOL...
CÈDE SOUS SES PAS.
HÉ! JE NE SUIS PAS UN DINOSAURE, MOI!
JE COMMENCE À COMPRENDRE...
...LES DINOSAURIENS SONT VENUS S' ENLISER DANS LES SABLES MOUVANTS, POUR TOMBER SOUS LA DENT DES PREMIERS MAMMIFÈRES.
19

LES PALÉONTOLOGUES ONT SUPPOSÉ QUE LES PREMIERS MAMMIFÈRES DÉVORAIENT LES OEUFS DES DINOSAURIENS. CE QU'ILS NE SAVENT PAS, C'EST QU'ILS DÉVORAIENT LES DINOSAURIENS EUX-MÊMES.
APRÈS BIEN DES DIFFICULTÉS, BOB RÉUSSIT À GAGNER UN SOL FERME.
LA NUIT APPROCHE. IL VA FALLOIR TROUVER UN ENDROIT POUR DORMIR.
APRÈS UNE NUIT PASSÉE AU FAÎTE D'UN ARBRE...
BOB MORANE A REPRIS SA ROUTE...
PAS QUESTION DE ME DEMANDER S'IL EXISTE UN PONT. QUI L'AURAIT CONSTRUIT?
VOILÀ SANS DOUTE COMMENT FRANK ET HUNTER ONT TRAVERSÉ. À BORD D'UN RADEAU. JE VAIS AGIR DE LA MÊME FAÇON.
CE NE SERA PEUT-ÊTRE PAS PARFAIT, MAIS CELA TIENDRA LE TEMPS QU'IL FAUDRA...
HEUREUSEMENT, IL N'Y A PAS BEAUCOUP DE COURANT !
UN BRACHIOSAURE! J'AI INTÉRÊT À ATTEINDRE LA BERGE AU PLUS VITE !
20.

KREUEU
POUR UN HERBIVORE, IL A L'AIR PLUTÔT AGRESSIF.
PAW
ÇA NE LUI FAIT PAS PLUS D'EFFET QUE S'IL S'AGISSAIT DE BALLES DE CAOUT-CHOUC...
PAW PAW
SI UN JOUR ON M'AVAIT DIT QU'UN BRACHYOSAURE ME FILERAIT LE TRAIN...
KREUEU
EN EFFECTUANT DE NOMBREUX CROCHETS...
...BOB TENTE D'ÉCHAPPER AU MONSTRE.
AU MOINS, ICI, IL NE POURRA PAS ME POURSUIVRE...
21.

KREUEU
KREUEU
PAW PAW
JE CROIS QUE CETTE FOIS, IL AURA COMPRIS. NON, DÉCIDÉMENT, CES ÉPOQUES NE SONT PAS FAITES POUR L'HOMME...
DEUX HEURES PLUS TARD, MORANE ATTEINT LES MONTAGNES.
DE TEMPS À AUTRE, IL S'ARRÊTE POUR LANCER UNE LONGUE TYROLIENNE.
SI FRANK EST DANS LES PARAGES, IL M'ENTENDRA.
TRILALAIOUU..
DES CRIS DE CARNIVORES, MAIS TROP FAIBLES POUR QU'IL S'AGISSE DE TYRANNOSAURES...
KRIAAA
KRIAAAAK

ILS SONT NOMBREUX. JE VAIS ENCORE DEVOIR FUIR.
KRIAAAK
KRIAAAK
KRIAAAK
KRIAAAK
KRIAAK KRIAAK
PAW PAW PAW PAW PAW
QU'ILS S'ENTRE-DÉVORENT, ÇA ME LAISSERA UN PEU DE RÉPIT...
JE DOIS TROUVER UN ABRI, SINON JE VAIS ÊTRE REJOINT.
KRIAAAK
CE RÉPIT EST DE COURTE DURÉE.
ESSAYONS D'ATTEINDRE CETTE PLATE-FORME. JE POURRAI MIEUX M'Y DÉFENDRE...

PAW

PAW

LA SITUATION SEMBLE DÉSESPÉRÉE, QUAND...

JE NE M'EN TIRERAI JAMAIS !... ILS SONT TROP NOMBREUX !

PAW

KRIAAK

KRIAAK

KRIAAK

...DU HAUT DES FALAISES.

ON PEUT DIRE QUE CE SONT DES SECOURS QUI ME VIENNENT DU CIEL !

PAW PAW

KRIAAK
BAOUM
KRIAAK
KRIAAAK
TERRORISÉS, LES PETITS CARNIVORES FUIENT EN DÉBANDADE.
DES GRENADES MAINTENANT !
BAOUM
FRANK !
BOB !... CE N'EST PAS POSSIBLE !
DU DIABLE SI JE COMPRENDS COMMENT TU ES VENU ICI ! REGAGNONS LA CAVERNE OÙ M'ATTEND LE PROFESSEUR HUNTER. TOUT EN MARCHANT, TU ME RACONTERAS...
QUAND MORANE EUT ACHEVÉ SON RÉCIT...
MAINTENANT C'EST À TOI DE ME RACONTER TON HISTOIRE. ET TÂCHE QU'ELLE SOIT INTÉRESSANTE... JE N'AI PAS FAIT UN VOYAGE DE CENT CINQUANTE MILLIONS D'ANNÉES POUR RIEN.
...STEVE MARSHALL, LE PROFESSEUR HUNTER, SAM GRAY, SON ASSISTANT, ET MOI-MÊME, GAGNÂMES DONC LE CRÉTACÉ...
AU DÉBUT, TOUT ALLA BIEN. MARSHALL ET MOI NOUS TIRÂMES PLUSIEURS TYRANNOSAURES.

NOUS DÉSIRIONS ABATTRE QUELQUES GRANDS SAUROPODES, GENRE DIPLODOCUS OU BRONTOSAURES. POUR CELA, IL FALLAIT GAGNER LA RÉGION DES MARAIS. LAISSANT GRAY À LA GARDE DE L'APPAREIL...

...HUNTER, MARSHALL ET MOI, NOUS NOUS MÎMES EN ROUTE...

AU BORD D'UNE RIVIÈRE, NOUS BLESSÂMES UN BRACHYOSAURE...

...NOUS LE POUR-SUIVÎMES, MAIS HUNTER...

JE CROIS M'ÊTRE FAIT UNE ENTORSE. IMPOSSIBLE DE MARCHER.

IL NOUS FAUT TROUVER UN REFU-GE...

NOUS NOUS RETRANCHÂMES DANS UNE CAVERNE. LÀ, UNE CRISE DE PALUDISME, CONTRACTÉ EN NOUVELLE-GUINÉE, M'IMMOBILISA. EN OUTRE, L'ENTORSE DE HUNTER ÉTAIT GRAVE ET NÉCESSITAIT UNE QUINZAINE DE JOURS DE REPOS...

QUAND HUNTER ET MOI ALLÂMES MIEUX, VOILÀ DEUX JOURS, MARSHALL PARTIT SEUL, POUR AVERTIR GRAY DE NOTRE RETOUR...

MARSHALL N'AURA PU RÉSISTER AU DÉSIR DE CHASSER. IL S'EST ATTAQUÉ À UN STÉGOSAURE ET A TROUVÉ LA MORT.

QUANT À GRAY, COMME JE TE L'AI DIT, NOUS L'AVONS TROUVÉ MORT DANS LA MACHI-NE, AU XX? SIÈCLE.

PAW   PAW

VOILÀ LA CAVERNE...
C'EST VOUS LE FAMEUX COMMANDANT MORANE ? FRANK M'A SOUVENT PARLÉ DE VOUS...
JE PROPOSE QUE NOUS DORMIONS. DEMAIN, NOUS NOUS METTRONS EN ROUTE POUR ESSAYER D'ATTEINDRE L'ENDROIT OÙ LOGIQUEMENT, NOUS DEVRIONS RETROUVER LA MACHINE
...SI ELLE REVIENT...
SI SEULEMENT JE N'AVAIS PAS INVENTÉ CETTE MACHINE À EXPLORER LE TEMPS ! JE VOUS AI MIS DANS UN FAMEUX PÉTRIN.
CE N'EST LA FAUTE DE PERSONNE. DEPUIS UN SIÈCLE, LES HOMMES NE FONT QU'INVENTER DES MACHINES PLUS INFERNALES LES UNES QUE LES AUTRES.
LE LENDEMAIN, LES TROIS HOMMES SE METTENT EN ROUTE...
VOILÀ MON RADEAU.
AVEC CES VOLCANS QUI NE CESSENT DE PÉTARADER, J'AI L'IMPRESSION QUE LE MONDE VA EXPLOSER.
BRAOUM
NOUS SOMMES BIEN PLACÉS POUR SAVOIR QUE LA TERRE N'A PAS EXPLOSÉ.
J'AI TOUJOURS FROID DANS LE DOS QUAND JE PASSE À PROXIMITÉ DE CES GROS PÈRES.
LES SAUROPODES SONT EN GÉNÉRAL PAISIBLES. DE VRAIES VACHES QUI REGARDENT PASSER LES TRAINS.

- VOUS OUBLIEZ LE BRACHIOSAURE QUI M'A ATTAQUÉ SANS PROVOCATION...
- C'ÉTAIT PEUT-ÊTRE CELUI SUR LEQUEL NOUS AVONS TIRÉ, AVEC MARSHALL. IL DEVAIT GARDER UN ASSEZ MAUVAIS SOUVENIR DES HOMMES.
- FAISONS UN DÉTOUR POUR ÉVITER LE MARAIS AUX PTÉRODACTYLES.
- NOUS NE SOMMES PAS PASSÉS ICI EN VENANT. SINON JE ME SOUVIENDRAIS DE CE RAVIN.
- MOI PAS D'AVANTAGE. J'AI DÛ PASSER PLUS AU NORD.
- ET LES VOLCANS CONTINUENT À TONNER...
- BRAOUM
- APRÈS QUELQUES NOUVELLES HEURES DE MARCHE...
- CHUT!... ÉCOUTEZ...
- ON DIRAIT...
- DES VOIX HUMAINES!

- BILL!... BILL!...
- C'EST LE COMMANDANT!

- VOUS ÊTES EN RETARD. J'AI BIEN PENSÉ NE JAMAIS VOUS REVOIR.
- À NOTRE RETOUR, LA POLICE A MIS LES SCELLÉS SUR LA MACHINE. IL A FALLU FAIRE DES DÉMARCHES... ENFIN, UN TAS DE CONTRETEMPS...
- IL NOUS FAUT REGAGNER LA MACHINE AU PLUS VITE.
- OUI, MAIS À PIED. CETTE MAUDITE MÉCANIQUE NE VEUT PLUS RIEN SAVOIR.

ATTENTION !... ON A DE LA VISITE.
REGARDEZ! LE TYRANNOSAURE FUIT SANS S'OCCUPER DES HERBIVORES. M'A L'AIR D'AVOIR UNE SACRÉE FROUSSE.
RIEN NE PEUT FAIRE PEUR À UN TYRANNOSAURE. A PART...
...UN TREMBLEMENT DE TERRE.
KRAOUM
C'EST LA PANIQUE !... LA FORÊT EST EN FEU.
BRAOUM
KRIAK
KRIAK
KRIAK
ATTENTION ! UN TYRANNOSAURE ! IL VIENT DROIT SUR NOUS...
VLAM
IL NOUS FAUT FUIR VERS LA RIVIÈRE.
IL M'EST IMPOSSIBLE DE COURIR.
JE POURRAIS EN PORTER CINQ COMME VOUS SANS EFFORT.
KRIAK
KRIAK
KRI...
29.

LA FUITE AVAIT QUELQUE CHOSE D'INFERNAL...

ILS SONT TELLEMENT AFFOLÉS QU'ILS NE PENSENT MÊME PAS À NOUS ATTAQUER

OUI, MAIS NOUS RISQUONS D'ÊTRES PIÉTINÉS. AU PONT, VITE !

ATTENTION, COMMANDANT !

KRAAK

C'QUE VOUS PESEZ LOURD, TOUT À COUP. FERIEZ BIEN DE FAIRE UN PEU RÉGIME.
JE TE LE PROMETS. DÉSORMAIS, JE MANGERAI UN STEAK DE DINOSAURE EN MOINS CHAQUE JOUR.
LA FUITE DEVANT LE FEU A REPRIS.
LA RIVIÈRE! SI NOUS RÉUSSISSONS À LA FRANCHIR, NOUS SOMMES SAUVÉS!
OUI, S'IL N'Y A PAS D'INCENDIE DE L'AUTRE CÔTÉ.
LE RADEAU!... C'EST NOTRE SEULE CHANCE!...
IL NE NOUS PORTERAIT PAS TOUS... IL FAUT Y AJOUTER D'AUTRES TRONCS.
ENCORE UN EFFORT ET ON SERA TIRÉS D'AFFAIRE...
ENCORE UN EFFORT? ON NE FAIT QUE ÇA, DES EFFORTS...
LE RADEAU VA ATTEINDRE L'AUTRE RIVE, QUAND...
NOUS NE POUVONS ABORDER NI À GAUCHE, NI À DROITE. QU'ALLONS-NOUS FAIRE?
MAINTENONS LE RADEAU AU MILIEU DU COURANT ET LAISSONS-NOUS EMPORTER...
31.

NOUS FINIRONS BIEN PAR ARRIVER QUELQUE PART...
SÛR... SÛR... EN ENFER...
ATTENTION, LÀ-BAS !
ILS ONT APERÇU LE RADEAU.
ET ILS N'ONT PAS D'AUTRE ENDROIT OÙ SE POSER.
IL FAUT LES EMPÊCHER DE NOUS ATTEINDRE. ENVOYONS-LEUR UNE SALVE !
FEU !
PAW PAW
FLOM
UN AFFREUX COMBAT...
PAW
...S'ENGAGE ALORS ENTRE LES HOMMES... ET LES LÉZARDS VOLANTS.
KRIAAK
KRIAAK
KRIAAK
KRIAAK
32.

OUF ! J'AI BIEN CRU QU'ON NE S'EN TIRERAIT PAS.
DÉCIDÉMENT, JE PRÉFÈRE MES POULETS.
A L'AIDE !
IL NE S'EN TIRERA JAMAIS AVEC SA PATTE BLESSÉE...
LÀ !... REGARDEZ !...
RIEN À FAIRE ! JE NE SUIS PAS EN POSITION POUR TIRER...
MES BALLES GLISSENT SUR LA CARAPACE DU MONSTRE.
ESSAYEZ DE ME COUVRIR, FRANK !
KRAAK
33.

J'ARRIVE, PROFESSEUR!... TENEZ BON!...

HÉ! C'EST PAR ICI QUE ÇA SE PASSE!

ET VOILÀ! LA GOURMANDISE EST UN VILAIN DÉFAUT...

LA PROCHAINE FOIS QUE VOUS VOUDREZ DONNER À MANGER AUX CROCOS, PROFESSEUR, VOUS NOUS PRÉVIENDREZ...

PAW

LE RADEAU CONTINUE À ÊTRE EMPORTÉ PAR LE COURANT...

...JUSQU'À LA NUIT.

PUIS, FAUTE DE COMBUSTIBLE C'EST L'OBSCURITÉ TOTALE.

A L'AUBE...

LA MER!... NOUS AVONS ATTEINT LA MER!...

NOUS ALLONS GAGNER LE PLUS PROCHE DE CES ÎLOTS. LÀ, NOUS POURRONS RÉPARER NOTRE RADEAU QUI COMMENCE SÉRIEUSEMENT À SE DÉGLINGUER.

LE COMMANDANT MORANE A RAISON. JE NE TIENS PAS À DEMEURER SUR CES TRONCS BRANLANTS.

SURTOUT QUE LES MOSASAURES ET AUTRES REPTILES MARINS N'ONT RIEN À ENVIER AUX TYRANNOSAURES POUR CE QUI EST DE LA GOURMANDISE.

LE CAMP FUT ÉTABLI À L'ABRI D'UN CIRQUE DE ROCHERS...

UNE ÎLE DÉSERTE EN PLEINE PÉRIODE CRÉTACÉE. DANIEL DEFOE LUI-MÊME N'Y AURAIT PAS PENSÉ!

35.

TOUT LE RESTE DE LA JOURNÉE...
FUT CONSACRÉ À LA RÉFECTION DU RADEAU.
AU MATIN DU JOUR SUIVANT...
UNE FOIS SUR LE CONTINENT, IL NOUS SERA AISÉ DE RETROUVER NOTRE ROUTE GRÂCE À MA BOUSSOLE.
ET SI L'APPAREIL AVAIT ÉTÉ DÉTRUIT PAR LE TREMBLEMENT DE TERRE?
NOUS VERRONS BIEN. POUR LE MOMENT, GAGNONS LA TERRE FERME AU PLUS VITE.
LA TRAVERSÉE DEVAIT S'EFFECTUER SANS ENCOMBRE.
OUF! ON S'EN EST TIRÉS SANS PÉPIN ... ÇA NOUS CHANGE...
C'EST D'ICI QUE NOUS SOMMES PARTIS... ABORDONS.
VOUS ÊTES SÛR DE LA DIRECTION À PRENDRE, BILL?
SÛR... PLEIN NORD-NORD-OUEST. POUR L'ORIENTATION, VOUS POUVEZ ME FAIRE CONFIANCE...
36.

PENDANT DES HEURES...
...LA MARCHE À TRAVERS LA JUNGLE CALCINÉE.
...FUT UN VÉRITABLE CALVAIRE.
QU'EST CE QUI S' PASSE, COMMANDANT ? VOUS AVEZ APERÇU UN ANGE ?
CA DOIT ÊTRE LE SOLEIL... J'AI CRU VOIR UNE SOUCOUPE VOLANTE...
EH, BOB! VOUS NE CROYEZ PAS QUE NOUS VIVONS ASSEZ D'AVENTURES FANTASTIQUES SANS ENCORE Y MÊLER LES O.V.NI ?
QUE VOULEZ-VOUS, FRANK, LE COMMANDANT A AUTANT L'HABITUDE DE LIRE DES ROMANS DE SCIENCE-FICTION QUE DE LES VIVRE.
LA JEEP!... VOUS VOYEZ QUE NOUS SOMMES SUR LA BONNE ROUTE...
ON POURRA RÉCUPÉRER LES VIVRES ET LES MUNITIONS QU'ON Y A LAISSÉS...
37.

40

POURQUOI DE VOTRE FAUTE, PROFESSEUR? PARCE QUE VOUS AVEZ MIS AU POINT LA MACHINE À EXPLORER LE TEMPS? ELLE SE SERT D'ÉLECTRICITÉ COMME ÉNERGIE, N'EST-CE PAS ?, ALORS, C'EST AUSSI LA FAUTE DE CELUI QUI A DÉCOUVERT L'ÉLECTRICITÉ !
NON, NON, N'ACCUSONS PERSONNE. PAS DE REGRETS. IL NOUS FAUT PLUTÔT CHERCHER UN MOYEN DE NOUS EN SORTIR...
NOUS EN SORTIR? JE NE VOIS PAS TRÈS BIEN COMMENT
VOUS AVEZ UNE IDÉE, BOB ?
UNE IDÉE ? PAS VRAIMENT... JE CONTINUE À CROIRE QU'IL NOUS FAUT ESSAYER DE RÉPARER LA MACHINE...
OUAIS... SI LES TYRANNOSAURES NOUS EN LAISSENT LE TEMPS...
KRIAAAAAAK
CES MONSTRES ONT ÉCHAPPÉ À L'INCENDIE... ILS SONT AFFAMÉS ET NOUS SOMMES LE SEUL GIBIER À LEUR PORTÉE...
IL VA FALLOIR DÉFENDRE NOS VIES...
BRUSQUEMENT...
KRIAAAK
39.

CONCENTRONS NOS FEUX SUR LUI !...
KRIAAAK
MAIS BOB ET SES COMPAGNONS N'ONT PAS LE LOISIR DE FAIRE USAGE DE LEURS ARMES...
BZiiiii
QU'EST-CE QUE ÇA VEUT DIRE ? LA GROSSE BÉBÊTE ÉTAIT LÀ ET, SOUDAIN, PFUIT... PLUS PERSONNE.
LÀ !... REGARDEZ... LA SOUCOUPE VOLANTE...
40.

43

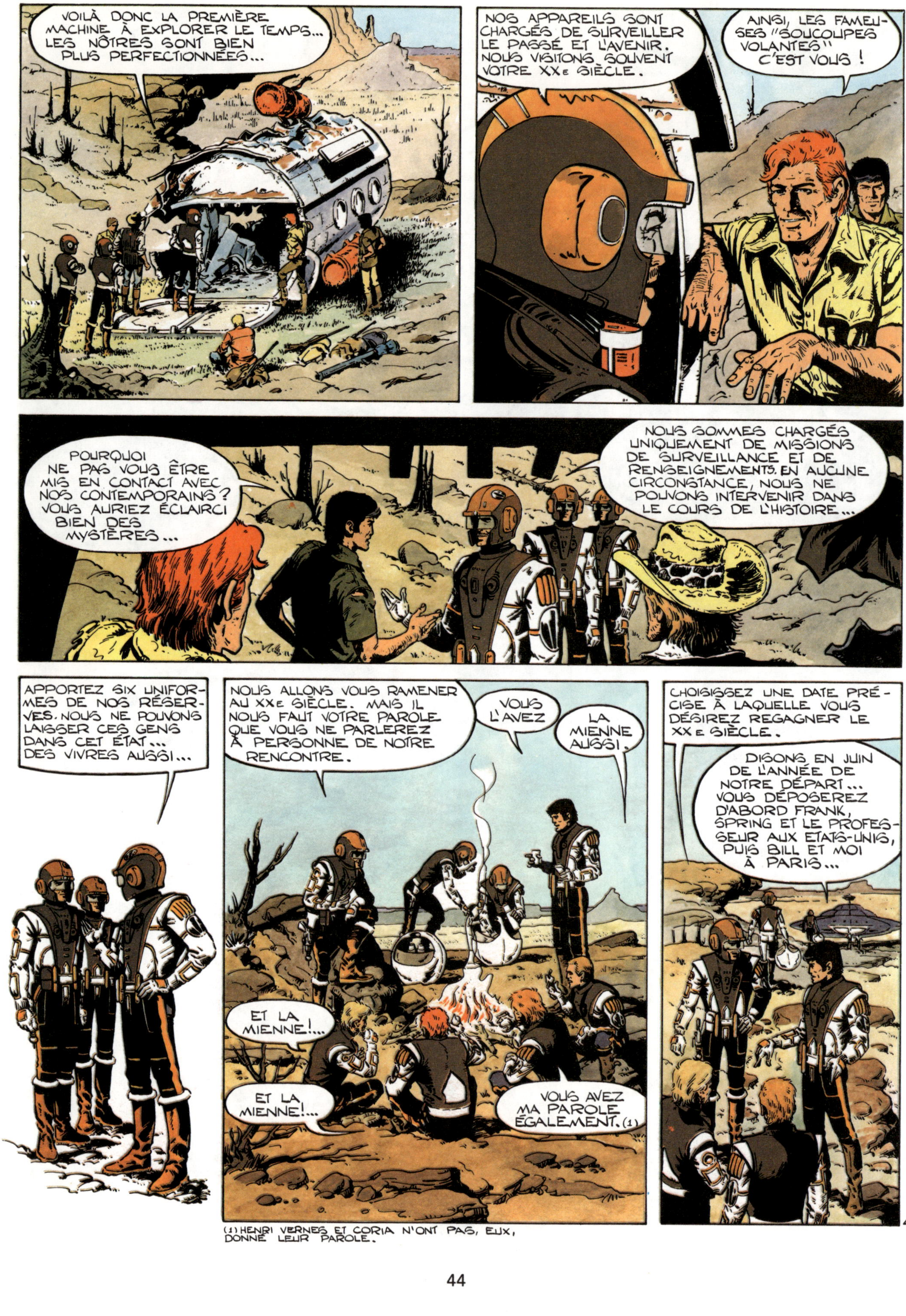

(1) HENRI VERNES ET CORIA N'ONT PAS, EUX, DONNÉ LEUR PAROLE.

ET, LE 1er JUIN DE 198..., UN PEU APRÈS MINUIT...
SI JAMAIS VOUS PASSEZ PAR PARIS, À NOTRE ÉPOQUE, COLONEL, NE MANQUEZ PAS DE VENIR ME RENDRE VISITE... J'HABITE QUAI VOLTAIRE...
ET MOI L'ECOSSE, PRÈS DE PERTH... J'AI UNE RÉSERVE DE VIEUX WHISKY DONT VOUS ME DIREZ DES NOUVELLES...
SAIT-ON JAMAIS... SAIT-ON JAMAIS... LE CONTINUUM ESPACE-TEMPS EST BIEN PETIT VOUS SAVEZ...
EH BIEN COMMANDANT, SI ON M'AVAIT DIT UN JOUR QUE JE DÉBARQUERAIS À PARIS EN SOUCOUPE VOLANTE, JE NE L'AURAIS PAS CRU...
TU SAIS, BILL, TOUT FINIT PAR ARRIVER...
VOUS SAVEZ CE QUI M'ÉTONNE LE PLUS POUR LE MOMENT, COMMANDANT
NON... DIS TOUJOURS...
C'EST QU'ON N'ENTEND PAS LES CRIS DE TYRANNOSAURES AFFAMÉS.
TU AS RAISON, MON VIEUX BILL... C'EST DRÔLE COMME ON S'HABITUE À TOUT...
PARIS... ON EST DANS LE BON...
QUE JE SOIS PENDU PAR LES POUCES SI V'LÀ PAS UN TAXI... CE SERAIT VRAIMENT UN COUP DE POT !
PARIS
43

HEP !... TAXI !...
RIS
VOUS POUVEZ NOUS CONDUIRE À PARIS
VOUS ÊTES DES MARTIENS OU QUOI ? PARAÎT QU'UN PAYSAN AURAIT APERÇU UNE SOUCOUPE VOLANTE DANS SON CHAMP. Y A UNE DEMI-HEURE À PEINE...
Y A VRAIMENT DES GENS QUI ONT DE L'IMAGINATION...
PARIS
ON VIENT D'UN BAL MASQUÉ. ON EST PARTIS AVANT LA FIN, RAPPORT À L'ORCHESTRE QUI JOUAIT FAUX.
J'AI DÛ ACCOMPLIR UNE COURSE LOINTAINE ET JE PRÉFÈRE NE PAS RENTRER À VIDE, SINON JE NE M'ARRÊTE JAMAIS LA NUIT... OÙ FAUT-IL VOUS CONDUIRE ?
QUAI VOLTAIRE...

UNE DEMI-HEURE PLUS TARD...
ATTENDEZ UN INSTANT... JE DEMANDE DE L'ARGENT À LA CONCIERGE...
OUI, ON N'A QUE DE GROS BILLETS...
D'OÙ ON VIENT, LE FRIC... VOUS SAVEZ...
Y A UNE BELLE DAME QUI EST VENUE VOUS VOIR COMMANDANT MORANE. ELLE INSISTAIT. JE L'AI FAIT MONTER...
UNE DAME?...
CONCIERGE
BON SANG COMMANDANT... EST-CE QUE CE SERAIT?
J'EN AI PEUR, BILL... J'EN AI PEUR...
QUELLE DATE AVONS-NOUS, MADAME DURANT?
LE PREMIER JUIN...
J'AI DEMANDÉ AU COLONEL GRAIGH DE NOUS RAMENER AU MOIS DE JUIN ET, TOUT NATURELLEMENT, IL A CHOISI LE PREMIER DU MOIS
LE JOUR MEME OU TOUTE CETTE AVENTURE A COMMENCE!
45.

PRINTED IN BELGIUM BY proost INTERNATIONAL BOOK PRODUCTION

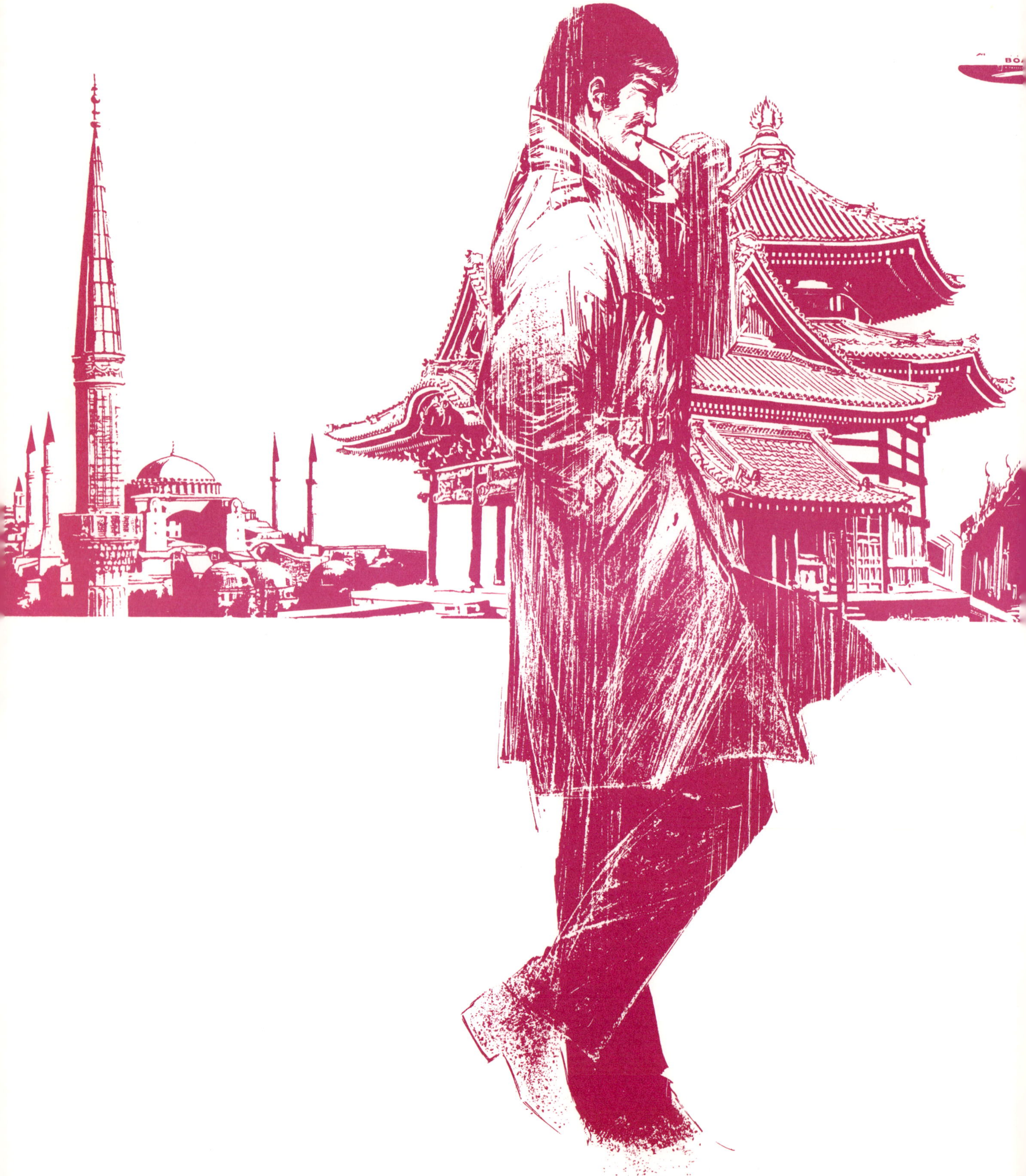